# 根与星辰

许丽莉 著

中国书籍出版社
China Book Press

图书在版编目（CIP）数据

根与星辰 / 许丽莉著 .-- 北京 : 中国书籍出版社，
2025.5.--ISBN 978-7-5241-0295-3

I.I227

中国国家版本馆 CIP 数据核字第 202536SM70 号

## 根与星辰

许丽莉　著

| | | |
|---|---|---|
| 责任编辑 | 宋　然 | |
| 责任印制 | 孙马飞　马　芝 | |
| 策划统筹 | 黄　莽 | |
| 封面设计 | 山水悟道 | |
| 出版发行 | 中国书籍出版社 | |
| 地　　址 | 北京市丰台区三路居路 97 号（邮编：100073） | |
| 电　　话 | （010）52257143（总编室）　（010）52257140（发行部） | |
| 电子邮箱 | eo@chinabp.com.cn | |
| 经　　销 | 全国新华书店 | |
| 印　　刷 | 廊坊市燕京安全印务有限公司 | |
| 开　　本 | 700 毫米 ×1000 毫米　1/16 | |
| 字　　数 | 220 千字 | |
| 印　　张 | 18 | |
| 版　　次 | 2025 年 5 月第 1 版 | |
| 印　　次 | 2025 年 5 月第 1 次印刷 | |
| 书　　号 | ISBN 978-7-5241-0295-3 | |
| 定　　价 | 79.00 元 | |

# 目录

目录

## 第二辑　医文相依

目录

# 第一辑　芳草拾遗

## 晓 春

冬天，在脚下
融成一条小溪
蜿蜒着向前流淌
迎接新来的春天

东风吹来时
泥土恰在深处翻身
一声轻响
惊醒了沉睡许久的种子

我俯下身
听它们正暗自私语
许着生日愿望
数着日子等待萌芽

# 新　蕾

终于，从泥土里探出来
她被灰暗
裹挟了三个季节

很久了
每日不经意的一杯茶
落下来
为她驱走贫瘠与寒凉

体内的新绿
一声声被唤起

直到长成一条藤蔓的模样
串联起
写满梦想的新蕾

## 新 事

两只灰喜鹊
在枝间打闹
打落的叶子
和着它们的对话
被泥土收纳

冬已很深了
云，灰蓝灰蓝
一些新事
正在天和地不被看见的地方
萌动

远山
抱着太阳和月亮
渐红

## 廿四节气

将四季对折三次
一年便完整了

笔迹粗粗细细
何止停留于春华秋实
藏在繁茂和丰硕里的故事
充满了省略

脚步最喜欢用留白的方式
记录经过的路途
就像这支笔
一提一落
又是六年

## 故 乡

不知被谁喊来的大风
持续地吹着
吹走了很多
为生计而背井的人儿

他们加紧回乡的步伐
避开愈近年关
愈胆怯冷漠的城市

高悬的灯笼，在风里
晃成整齐的队列
高低起伏，迎送往来
将整年的成绩单
打包收纳

此刻，还在这儿待着的人们
亦可称为
——留守

不论冷暖、富足
喧嚣或寂静
离不开的
是故乡

## 岁末总结

红与黄
正交错在这条路的背景里

每到这个时候
年轮又将转满一个圆

从初日如孩童般羞红脸
到星子如碎钻般闪闪烁烁
挺直腰杆的大树小树
见证着
藏在日复一日里的不寻常

从温和多晴的河畔
到风雨狂啸时的高楼
不设防地站在历史高点
情绪，也如修饰词般
失去意义
……

经过的白鹭和夜鸥
用细长的腿和喙
雕琢时钟的波纹

就如同，被这钢笔

细细雕琢的笔记本
将被
刻满、合上、编号
立在书架上

# 风信子开了

它的特殊
在于长歪的脖子，和
着急向上的蓓蕾

七瓣花
淡粉
暗香

在初冬的暖屋里
渐趋绽放

就像同处一室的人们

想开花
想结果
想赶在时间之前

## 银杏和枫

金色又占满了视野
整个季节的风
在摇摆回旋里
成为了最具执行力的画师

一片紧接一片的深红
也是越发大胆的
就像不怯场的少女
只站在那里
便吸引并接住了无数目光

轻挽起衣袖
指向
更深更远处

# 石　雕

绿意还未生发
风已不刺骨了

细雨之下
白鹭和夜莺
立在石刻的围栏之上
也如石刻的雕塑般
凝视长满涟漪的河面

河水漫长而不息
藏了多少鱼儿，和
鱼儿的故事

游上来易被捕获
沉下去又离阳光太远

## 涟漪

平静的湖水
又荡漾起了涟漪
前仆后继，撞在一起

每个圆都想长到最大
每个圆都因碰撞而不圆满
它们互相争夺着湖面
争夺着发言权

湖底的石头和水草
或沉默不语
或随波摇摆

须臾后
所有涟漪都碎了

太阳底下无新事
只有不同角度和力度
划过的风

## 烙　铁

一块烫红的铁
站在雪地里
冰雹、寒霜、刀割般刺疼的风
不断袭来

因为雪白
它爱得深沉
笑着抱怨时
心，却悄悄留下一串泪

直到后来
泪珠串成了帘
逐渐致密
进而密不透风

后来，铁块变得冰凉
雪地却未知
离开的那一天
决绝——
没有挥手和告别

雪白的正中央
留下了一团黑
一个填不了的窟窿

## 换　季

光着杆子
在风里站了一个季节

又一次细雨之后
枝节的末端
被挤成了溜圆

生命的红
正隐隐而用力
渗出来

垂丝海棠准备好了
新的季节
准备好了吗？

## 豆　芽

从坚硬的墙壁中破出
才知体内
有着与身材不匹配的力量

纤细而饱含不屈的头颅
探出来
外面的世界没有壁垒
可以肆意伸展

将手脚和身躯
长到想象的模样
开花
……

豆芽
仍是豆芽

清脆
甘甜
细长

## 小花苞

二月春风
将一个个小花苞
放在光秃的枝丫上

忽然多出的颜色
把这片园子
渲染得活泼且年轻

它们
在枝头跳动
好奇地打量这个世界

它们
同所有遇见问好

它们
伸展手脚
催促自己快快成长

## 小草四首

（一）

车轮碾压过后
地里的草躺倒了

偶有几颗倔强的头颅
还竖立着

风吹过
左右摇摆

（二）

被风劫持之后
这株小草便无法再躺平

只盼
在凌乱中
不被连根拔起

或许，还能
再长高一些

（三）

春月的风
拔长了草的身体
挺拔的样子
遮蔽了土地的焦黄

经过的脚步少了
它便茂盛在有土的地方
哪怕是
一丝狭缝

（四）

残破不堪的墙垣之下
一株小草拉住了不屑的目光
见它独立生长
随风而摆
却又牢牢抓着土地
绿得闪亮

## 小草的理想

端坐于阳光直射的背景里
显得耀眼
且身形伟岸

诸多目光主动或被动地聚拢而来
为此，"傲视"成了这株草
面对外界的态度

直到乌云遮盖
继而风雨来时

一株被移入这盆泥土
想成为窗外大树的
草

# 萌　芽

一点青绿
从土豆里冒出来
用萌芽的方式
杜绝进入人类口腔

盎然的春意
煽动着一切生物奔赴茁壮
那么
就把从口中逃遁的土豆
浸入水中

待开枝散叶
韬养眼眸

# 一束光

乌云压境时
这条小路和小路上的树
正准备迎接春天

忽然收敛的太阳
将灰暗再次还给人间

烟尘如车流般
在天空中滚动
一波又一波
由远及近

却偏有一束光
用力地拨着云层的缝隙
用力，探出来
探出来
看向小路和小路上的树

## 吞　下

暮光和弦月交织成一片
落在河里的时候
我们恰从桥上经过
微波嶙峋
小风徘徊
青梢一寸寸冒芽
又被夜，一口口吞下

众声鼎沸
万籁于心

# 采蜜人

一朵生锈的茶花
开在一个正走向盎然的季节
周边的娇艳
正怒放着，呼应
渐行渐暖的风雨和阳光

采蜜人，停在近处
用细细的足垫和口吻
试探着斑斑锈色的她
很久
没有离开

第一辑　芳草拾遗

# 春　日

鸡蛋皮、蟹肉、海带
被米饭裹起来
再套上芝麻或鱼子酱的外衣

伸入唇齿

被风吹绿的草地上
我们，隔着大树而坐
看鸬鹚发呆而后捉鱼

看气泡水、小柑橘
在各种啼鸣声里
一口一口吞下春天

# 三月闲步

西郊的梅花
站满了整片园子
红或白，一瓣瓣述说着
在雪中静默
在阳光里伸展的故事

路过的风
收起了锐角
再一次修剪后
将整瓣故事裁散成屑
落满地，落满河塘

看着同样似屑的绿
正晕染开来

## 或是海棠

折弯一节的纸条儿
也冒出了小芽
六株渗出的红
紧紧地围成一簇

体内蛰伏三季的力量
开始伸展
打算与年少的阳光
打个赌

在它打盹的时候
能否依然
生机盎然

# 白玉兰

此时，如有神之旨意
这一簇洁白
必定来自她的感召

春风并非偶然路过
持续地观瞻、萦绕
将星星点点的萌芽
捏成一盏一盏向上的杯笼

对着天空
祈愿阳光和月光
祈愿风和雨

一直向上
海纳圣洁

## 田 野

在颓然的田野里
勋在有气息的芽

除却显而易见的光秃
稀疏的黄草或青草
可点起希望
翻捣

三丛过后
寻到的芽
或硬结或枯败或空洞

阵风吹来
压低了旁侧的碎草
一株绿色的细芽
晃了又晃

# 绿　叶

从树梢掉落小河
只在风经过的瞬间
还没来得及准备情绪
视野里的世界就变了

它并非迟暮
季节并非萧瑟
然而，在高处悬挂接受仰视时
也任由风雨摆布

终于躺下了
河面承托着它的每个关节
每寸皮肤
它感受到从未有过的舒展

低处，也有缓急起伏
也需随风逐流

它往更远处而去
昔日的树梢
变成了小黑点

## 柳树和云

站在阳光下的柳树
晃动着枝叶
迫切期待着能拉住
水中的云

云漂向
下垂的柳条时
她故意随着风
摇向别处

抖搂的柳絮
掉入水中
溅起大大小小的涟漪
瞬间，撞碎了
云的倒影

# 向日葵

太阳莅临的这一刻
它振奋了精神
转过头，笑脸相迎
一扫之前的冷峻和颓然

整个白天
它的脸跟随它的步履
用越发灿烂的姿势
烘托阳光的温暖和无私
直到被云朵遮蔽
直到月亮升起

被它踏在足下的野草
无人问津
却各自用力生长在每一寸缝隙
无关早晚或阴晴

## 梅

水培的梅花又落了几许
新绿，桀骜地冒出来

老旧细枝
因此有了叶子
可以感知风

待花落尽
新绿旧枝

一边落
一边长

# 绿　萝

她将油亮长进了叶子

路过的四季里
都是鲜绿或墨绿的模样

光明或者黑暗
热闹或者寂静
交替轮回中
她保持着宽厚

一杯水、一盆土
伸展、茁壮

## 洋葱、包菜或大白菜

剥开一页一瓣一片
几回之后
露出了淡色的心

它未经历风霜
不知世间姹紫嫣红
不知刀戈旦马

然而
投入沸油
同它的前辈
瞬间，一色

## 春天的殇落

此时
香樟叶已落了满地
层层叠起来
多像去年的秋
落英缤纷

月亮还未升起
变幻的霞光似血似烟
熬过一个苦寒
路途依然碎石嶙峋

随处可见的叶子
恪循着四季给予的使命
却一生单薄如纸
生或落
鲜人问津

山谷里，回音
盘旋许久
灌入每一道罅隙
又深又长

## 黄 梅

忘记下雨的黄梅
终于将倾泻而下的态度
摆在了江南

浇湿
浓绿重彩的草木
抬高
略显顿滞的水位

停靠在一滴雨珠里
看山河灵动
人马不歇

# 入　夏

茂盛的绿叶
代替了上一季盎然成片的花
春意
在渐次喧闹的人流车流中
谢幕

熟悉的味道
绽开在繁华的季节

鼎盛——
是这座城，赋予
诸多万般
当下的标签

## 涂　色

烈日
在变幻的云层下
时隐时现

将黄梅天的颜色
涂成蓝白相间

路人的衣服依然被打湿
小雨般
绵绵不绝

午后的林荫小道
越发茂盛的绿
藏了多少故事和心事

# 夏　至

日光
从地平线上探出来
"早安"
整年里
最敬业的日子

云层
遮掩了诸多
她散出的力量
不用太亮
不用太热

和小雨点做伴
看人间
缤纷、茂盛
绿意盎然

## 夏日图

蝉鸣声声
不间断烘托着
夏天的深红和深绿
这是被世人赞颂的季节
众生喧哗
各有各的天赋和舞台

一根暗褐的木条
支撑起屋里和屋外的距离
不远不近
恰好能让纤瘦的风进出自如

崭新书页上
排列着一些旧的记忆
目光刚停留，就像走入一段
深邃的隧道

安静
凉且暖
一字字读过去的时候
却将这个季节惯用的惊叹号
一点点搓圆了

而后掰碎
碎成
省略号

# 夏日时宜

七月的毒辣
在于无法逃避烈日的直射
它浓郁而热情奔放
不放过一条缝隙

绿叶也浓郁
浓郁到争先恐后
浓郁到向内翻卷
遮住直射的太阳
也遮住嚣鸣者的模样

持续的嚣鸣声
将夏日喧哗推向高潮
也将余晖下的影子拉得很长

这一切
正合时宜

然而，手中的笔墨
却依旧选择与沙土同行
耕耘荒芜
守坐空境
沉默在颤抖而坚韧的笔画里

## 七月的江南

七月的江南
太阳用居高不下的态度
俯视着人间

敢于直面滚烫的人
果然少了
金蝉的抗议声也稀疏

躲避和蛰伏均为上策
等它再冷静一些
等待时机

# 水　塘

一汪水塘
在雨后初晴的直射下
亮成了一面镜

照出过路人
清晰的脸部表情
并读着
表情之下
内心的事儿

## 消　息

一曲终了
窗外的雨，将
夏蝉不懈的鸣音
画上了休止符

乌云依然高悬
就像一块没有边际的幕布

闪烁的电子屏
将字和图一点点挤出来
用来宣布消息
用来模拟太阳和月亮

# 雨

雨珠，越发密集
土地用最沉默的方式
回应着
天空裂开的疼

垄上麦苗
振奋着脑袋
等待

乌云
却再次压境

## 小　暑

蝴蝶自破茧之后
一路向光而行

看阳光
照亮清澈的小河
又在藤蔓交错的河底
铺满彩莲、绿蓬

看珊瑚
染红整个午后
又将自己开成一朵
繁茂、向上的花儿

看沸腾许久的热
在暮色庇护下
升起一轮冰清

而后，掌心合十
坐进这个圆

# 天　赋

夏夜的零点
月光也温存
并不吝啬地赐予人间光热

慢慢从肌肤缝隙里渗出的热
清醒了边界
那些徘徊于现实和虚拟间
举棋不定的思绪

蚊蝇或虫蚁
正在各自世界里
安睡或忙碌

就如绿植
开花和不开花
早已被安排妥帖

无须欢喜
无须责怪

千般模样
是天赋
亦是天谴

## 竹　子

将樱桃的红、葡萄的紫
连接起来
桌案上的季节
便从暮春走到了金秋

竹节
用拔高身体的方式
将阴晴圆缺的故事
茶香荼蘼的故事
嵌入时光缝隙

在每个灯烛熄灭后的夜晚
许下明亮的心愿

# 夏　虫

深藏许久的梦想
从触角、骨节
从每一个末梢
汇拢而来

它是如此钟情于
果实的丰硕和清香
用喋喋不休，或者
引吭高歌
单薄却固执的翅膀
喊落了夕阳

一曲生命的交响
在独属于自己的季节里
烙下名字和篇章

## 热

天空吹热之后
或远或近的生物
因体感不适变得焦躁

循环泵里
设定好的温度和时间
是这一季需完成的工作

小河、山川
沉默着
因热浪带来的改变

看一棵树
从娇嫩挺拔
变成粗壮深厚
继而
为小草、蜂蝶
伸手蔽日

## 热　锅

行走在大路草间
绿树没有成材的地方
阳光便能直白地
笼住我的全身

多像鱼肉
在空气炸锅里
滋滋冒水
冒烟

## 伏　蝉

将翅膀的震颤
呼唤成夏日独属的交响
似在赞美
摇摆不定的云
抑或控诉
遮挡不住的烈日

一步步向上攀爬
脱去青春而老旧的外衣

向更高
更高处宣读
自生命诞生时
蛰伏于黑暗中的梦想

# 蝉　鸣

用十二万分的诚意
来向天空喊话
重复着唯一的音节
——热

九只蝉
在窗外树梢上
掏出此生所有，控诉着
将夏天的炙热
喊向深处

喊走
窗里人的瞌睡

## 蝉的心思

沉默，是多年来的习惯
它在深深而黝黑的土里
扎根、成长

直到有一天
一只蓝鹊的叫声
唤起了它的脑袋
向高处望
恰好接住目光

一秒的对视
许多在蔓延
看着日趋壮硕的身躯
它明白

土中的通道
粗粗的树干
目光所及
已是一条可以攀行的路

准备好了就出发
而梢头的蓝鹊
正停留

# 秋　归

她将夏天留下的火种
点燃

越发紧凑的风
将火势吹遍了整座园子

烧红的叶子是枫
红过了
正待下山的太阳

笔直向上的白烟
在渐暗的幕帘上
晃了晃，看向
伏案许久的背影

## 秋日的味道

走进一幅画
视觉感知缤纷的时候
鼻腔里满是季节的味道

十字花瓣
赤色、金色、银色
众多小小的身躯
扎堆围坐

风儿路过，因此而温柔
带着对于人间的热爱
撒向经过的每一处

长长的沿河步道
就像长长的时间隧道

勇往直前的时候
要用力呼吸
深处，有香甜

## 讲故事的树叶

秋色渐起
满枝的墨绿被旧黄点缀
行人来来往往
将大半年的成绩或委屈
挂在树上

风来时
哗哗作响
这样的述说
只有自己能懂

他们依旧步履匆匆
只听哗哗的故事
不知树叶颜色的变化

## 叶子和风

黄叶落下来的时候
我恰从树下经过

看它静如惊雷
想起了上一季时
它的意气风发
众人仰视

这一生
被风催促成长
被风高高举起
被风打落谢幕

想到这儿
又一片黄叶掉落
落在
我将继续赶路的足边

# 一个秋天

如何来描述
一个多事的秋天

目光所及，同树叶一般
被寒风、冷雨
渲染成色彩斑斓

单薄的笔下
谎言，就此出走
翻山越岭以后
披上了闪着光芒的外衣
站在高处
指点世间迷津

渐趋瘦削的身躯
笔直的骨头越发凸显
从温室跑进户外
不禁，微微一颤

## 又到霜降

霜，在江南
降下来的时候
夏的尾巴
还依稀可见

赤红的歌舞
仍在田野里唱跳
赞美着不褪色的太阳
有无尽恩赐

草木和黄土
收敛了枝叶和水分
低头，用虔诚的模样
以示尊重

徒步了千余年的节气
看着世间百态，未动声色
而丝丝的寒
正从骨缝渗入

# 飘　零

行至湍急处
落叶，没来得及叫唤
便一头栽进了旋涡

自打树梢跌落
它无法再收获众生的仰视
无法再拥有高远的目光

只在低处平躺
或随风起舞
或被雨践踏
或卷入河流

余生，四处飘零
直到撕碎或腐烂
成泥成土
成虚无

## 降　温

一场风雨
将迂回的温度线拉得笔直
就像感叹号
立在这个秋天的结尾

而我也终于明白
壮举，并不惊天动地

将叹号盘成句号
再因习惯而温润
便是后一季的风霜
最强韧的举动

# 秋　深

一阵凉过一阵的风
紧了秋深的步伐
散漫一季的毛孔
也该收敛了吧

一些顽固的脂肪
以及衍化开的热量
在盛夏烈日的持续烘托下
从呼吸和汗水中出走

转身或尚未转身之际
陌生在
熟人的眼眸里

秋深了
适合思念的季节
记忆里的人
会否也变了模样

## 风之所见

晚到的风
停在树梢的时候
围观的目光已经很少了

叶儿深黄
写满了故事
枝头沉静而稳重
就像泊靠的码头

又一片落下来
弹起微尘
被直射的阳光抓住

## 土地的疼痛

望着越发多的白
出现在树梢
根旁沉默的土地
除了承载住更多的叶
只剩眼睁睁

然而风不止
刮过一次
土，便裂开一丝
干疼，又生出一分

# 离　开

决定离开的时候
秋天的颜色已经很深了

风从北方赶来
带着一路尘土、悲欢和雄心
挥手间
将曾经早熟、被人仰望的宽树叶
染成棕黄，且摇晃不止

之后的颓势
避无可避

决定离开的时候
宽树叶，空着行囊
带走了繁茂且荣耀的记忆
轻轻落下来
没有惊动树干

不论能否再次遇见
春天还会带来

# 看云（一）

我们坐在木椅上
等着太阳露脸

云层太厚了
于是，我们看了很久的云
——

高山流水、野马山雀
在灰白间
变换着模样

一只苍鹰
仰头长啸
它必是流淌着
草原上
最桀骜不羁的血液

可瞬间
被拥有大眼睛的白鹿
吞噬

整个午后，我们
看着
阴晴不歇的云
聊着
飘忽不定的人间

## 看云（二）

云朵少的时候
我们只能看天空
它单调，且蓝得扎眼

一朵白云飘来
我们举起相机
赞美起蓝白相间的美丽
以及它变幻多姿的身影

后来，又来了几朵云
看它们走近、携手
像在讲一个故事

连成一大片的时候
盖住了太阳
我们厌恶起来
抱怨着阴暗、凄冷
……

织起的语言
和着云的节拍
飘忽不定

## 肆虐与坚守

烈马嘶鸣
持续了整个上午
硬是将久居不下的热
拉成感叹号
将蓝天白云
覆上滚滚翻腾的烟
灰烟

站在廊檐之下
看汽车
在小河般的街道里航行

听铺满阶沿的叶子
胡乱被抛下的枝条
细细述说
这场风的肆意妄为

一棵树，两棵树，三棵树
她们仍站得笔直
似在坚守曾许下的承诺

那么就替她们问一句
月，是否还能
如约而至
再圆一回

## 等　梅

小雨细细密密
将残留在每一处缝隙里的燥热
扫除干净

杯中的茗茶依然是温热的
淡红背景里清澈透明
映照着枝头
摇晃而显孤单的叶子

桂花也凋败了，空气里
弥漫了更多割草机碾过的草木香
合着茶香

人间，正为孕育梅开
而饱受萧瑟

在越发深重的季节里
等待凌寒
等待花香

# 四　时

雪深三尺
三尺之外
人声鼎沸

车马如流水
淌过川河
按住城市的脉搏

是何征候
浅尝三分
便知晓了一二

雨落四时
四时之内
万物有循

# 竹　筒

剖开坚硬的外壳
内心，因虚无
可容纳万物

将淡色的冰激凌
打着圈灌入后
就像举起火炬
点燃了一个春天

火焰燃尽后
再装入其他

坚硬的外壳
放下或举起
虚无或填满
它终是一节竹子

# 白　鹿

天空的蓝、白云的白
心中的草原
埋在高耸的鼻梁之下

历经煅烧和涂釉
一抔黄土化身一头鹿
静卧在案头

看笔下徘徊阡陌
阳春白雪或市井琐碎

看一个人、一杯茶
互相赋予生命

看如何将感怀提炼给
从未涉足的草原
驰骋不羁

## 默　契

白鹭试探着从花鲤的喉头
寻到一丝风
用不连贯却充满提示的词汇
一再，啄着水面

花鲤的腹稿早已完成
关于水底砂石和吐着泡泡的贝壳
却在探出水面换气时
喉头，打了回旋

白鹭和花鲤长久来的默契
呼应彼此的
"一无所知"

## 雄鹰之殁

万米高空
刻下了雄鹰翱翔的矫健
也目睹了昨日
将结局，写成
如瀑布般飞流直下的叹号

粉骨碎身
将毕生功勋埋于山火和植被
灵魂，又能否归于天籁
归于执着深爱着的
蓝天的蓝

## 猫

一只猫躺在路中央
黄白黑相间
如同在自己的领地一般肆意

它和我对视
和我对话
和我道别
如同认识许久的老友

这儿没有车马
没有人潮
只有温和的太阳

# 咸　鱼

那条在真空袋里
吹气的鱼
终于被我解救了出来

气味
瞬间从厨房
弥漫到客厅、洗手间

咸臭中苦涩
却用一声不吭来抗争

将其置于厨余垃圾
又点燃整个香囊
看鱼儿和属于它的一切
在白色浓烟里
冉冉，逃出窗户
奔向蓝天

## 黑老鼠

两只漆黑的老鼠
匍匐在地面上
认真啃噬着比它们身子更黑的黑夜

没有人发现它们的存在
熟睡的或起身的
各自在梦境或清醒中
过着自己的夜晚
享受着独属自己的黑

直到一束微弱的光
瞬间刺破静谧

就像撕开一张纸
纸，原如蝉翼
纸下，五彩斑斓
惊醒了黑暗

## 狝猴桃

一根根的繁杂、琐碎
竖立着
堆砌在土黄颜色的表面
显得局促且密密麻麻
它们平凡、朴实而并不扎眼

在轻入眼眸时
心头，跟着长出
同样细密的毫毛

要称赞去探寻内里的人
剥开或者切开
便是另一个世界
鲜艳欲滴，绿意盎然

这多像狝猴桃
无华且令人发毛的
停留且仅停留于表面
没有根
并与内里无关

# 西 柚

一粒粒紧挨着的深粉
将层层滋味
分解、融合
从酸涩中提炼微甜
吞下去后
停留于口中
反复回味

唇齿感知西柚
就如，心灵感知世界

一粒
一瓣
一个

# 鸡蛋液

没有骨骼和支架
坚硬的外壳被打破后
无依无靠
就像一滩没了形状的水

直到遇见一柄勺子

跟随勺子赴汤蹈火
转过一圈后
它成了一个圆
没有厚度

后来，又遇见
……
清贫的它
只能折叠平平的身躯
将其收纳

于是
它成了外壳
有型
却柔软

## 太妃巧克力

早已习惯了
将纯粹而清冽的可可
置于味蕾之上

欣赏这极限的滋味
就如欣赏单纯到极致的美

然而，诸多嫌弃和厌恶
也因此而来
纯粹与人间
本就格格不入

它尝试着改变
加些奶、加些糖
加些太妃、加些颜色
再速冻一二

从此
不纯粹的可可
被人们奉为一朵花儿
如玫瑰般甜蜜美好
表授倾慕

## 河 事

一粒接着一粒的小石子
被投入河中
原本平静的水面
开出了花

它们撞到一起
将晃动的平面纵向拉伸
直到掀起波澜
掀起浪

河里的生物，同
河边围观的人们发现
一股黑泉
正不断从河床里冒出

## 挖泥船

突突突
持续的机械声
从临河窗口闯进来
将我正徘徊于书本的目光
拉向了窗外

大钢爪
缓缓没入河面
再伸出来时
抓了满手的泥

平静清澈的河面
因此而喧嚣浑浊
初春阳光，正刺眼地
打着连续水漂

看船驶向下一段
甲板上的泥，越堆越高

河水，仍在晃动

# 石子和池水

时间久了
平静的水面
将自己当成了镜子

一小颗石子
惊起涟漪或浪花
原本明镜般的池水
刹那间皱了

就像安稳的人间
因一颗小石子
便乱了秩序

池水本就不是镜子
经不起风雨
也经不起震动

## 小 河

寒风里依然茂盛的枝叶
将阳光削剃成剑
刺入河面时
薄冰瞬裂
裂成一朵盛开的花

冰晶闪烁，看河水
不紧不慢
经过暗礁和碎石
赶赴下一程

## 练塘所见及其他

追着秋风
踏上了故人徘徊攀缘的长阶廊桥
图文和石碑的记忆
被层层打开

低调如他
并不喧嚣的千年小镇
将年幼的红色火种
耕耘于起点
及起点之外的每一寸脉络

诚恳如他
雾霭缭绕的航程
小舟抑或巨轮
颠簸时坚定如磐
力挽波澜
……

将一杯酒
一壶茶
置于老灶之上

看安静的乌篷
与清河对饮
看澄明的炉火
与月光对饮

不息，不止

## 张园之夜

老旧的石库门
今夜，一律妆点成节日的模样

很多首诗
从一个门洞里渗出
沿街，排成了灯盏

举起奖杯
就像举起火炬
和灯盏呼应着
亮了城市里那一枚枚
被匆忙脚步遮蔽的梦想

车速太快
青春太短

幸而，还有这些热爱写诗的人
能把快进调成倒回
能在崭新中找寻
发酵的老酒

## 湿　地

无际的芦苇
被沿根收割了一茬
这片地，便连接起了天
更显辽阔

一个紧接一个的水洼
斑斑驳驳
紧握斜阳伸来的手
用光影术
勾勒干与湿的轮廓

古时的涨水已退却
为避潮而高垒的土墩
用网红打卡点的模样
供人登高远眺、胸怀天下
凭念旧时父母官的心切
……

我们沿着木桥，向前
走过高低曲折
走到天海归一处
同归家的水鸟
打招呼
向园丁的背影
致敬

## 沙湖雁过

笔直的木桥
通向湖心

连排的塑料太轻
成为随波浮沉的架托
托起木桥
托起用木桥渡湖的人

冬日已深，远眺处
腰杆挺拔的水杉
拉着午后阳光
烧红了整片湖

更远的蓝天
映衬着这一幕

下午两点整
一行大雁飞过

雁过留声

# 无　为

灰瓦、红柱、白墙
站成连片的宫殿
百余年前的梵音
屋宇间
声声而来

鲜有人迹
风也瘦
路过前檐斗角时
铜铃清唱着
晃了又晃

我们翻过碎石和高阶
看远方的柚木
在古朴中锃亮
雕琢
供养

无心
无我

## 垂钓太阳

太阳快速滑向江面的时候
我们正在大堤上奔跑
比赛谁能更快抓住天与海合一的那条线

云，在更近处
用不断变化的身姿和扮相
喝彩

我们跑了很久很久
就在气喘吁吁
准备认输的当口

发现

太阳，恰好被
起重机垂直抛下的线缆
拉住

## 拈花湾

宫灯
悬浮在瘦河上
华灯初点时
它们也打开了自己
打开半个盛唐
或是低奢的宋

文房四宝、石桥拱门
锦服玉食、禅茶蒲座
将散落在小镇的每一步
串联起来
顺着五层塔阁
亦可触摸千年文脉的筋骨

五花池的荷花
永不言败
从蕊探出的七重瓣
向世人和盘托出
何为一尘不染
五光十色

信手拈起
无须高攀或低垂
花，在手心

## 遇见杏花村

说她是酒村
不错，这一座村落
就是一壶老酒
从南北朝
从李唐盛世
陈酿至今

白丁或者墨客
所有经过这里的人们
仰脖豪饮之后
诸多凄美或伤感
便从心里掏出来

有关离别、相思、赞叹和豁然的词汇
串成了一首首诗词
将人间琐碎
停留在
这条历史长河中

自然，还有一些春花
开到荼蘼时
也被氤氲整个村庄的酒香
醉倒
比如这棵杏树

杏花村
当年，牧童远远指向的村落
而今，青春越发洋溢的村落

## "加特林"

稳稳地扛在肩上
有如扛起一柄重型机枪

点燃后
炮火循迹而出
在漆黑的天空
开出一朵绚丽的花

它们前仆后继
呼喊并绽放色彩和生命
将夜幕画成白日
比白日更缤纷

肩头的震动
坚挺的腰背
迫使寒风不敢靠近

这个大寒
温暖如春

## 钟　楼

时钟，又画过一个圆
我们终于学会
把唐诗宋词、函数方程
融合在
力热声光、山川湖海的风景里
并把她走成一条路

时间来回穿梭
将一个半世纪的琅琅书声
绘成了一幅七彩的画

汗水、泪水
轻语、欢笑
所有青春的注脚
在回忆里翻新，又翻新
晨曦映衬下的跑道
勇往前行的我们
绿色的枝条
青涩的风
……

钟声，再一次响起
就像灶前忙碌的母亲的呼喊
喊着，负笈远走的学子
喊我们
回家

## 虹口漫步

南，向北
仅用脚步将地图里
箭头划过的蓝光
踏成路

午后斜阳
打捞着桥的倒影
经过的故事
鱼鳞般闪闪烁烁
数不清百余了多少年
瘦河
都稳稳接着

老旧的牌匾、邮筒
崭新的涂鸦墙
碰撞在立春后的树枝上
树枝，蓄势待萌
已被文字和线条
诗歌与理想
写满

童年很远了
故土也远
就像本

几经改版的书

读着读着
忽想起
它曾烂熟于心

# 植株的底气（组诗）

## （一）

再次经过时
百花不见了踪迹

从枝头到泥土
从花园到小巷
更深的绿
涂抹开来

春天也更深了
却依然不收敛这阴晴不定的小脾气
呼风唤雨、和煦明朗
在不确定的切换里
藏着生发万物的力

## （二）

一夜风雨
打落了枝头的最后一株红
深绿，成为小园里唯一的背景

关于萌发、含苞、绽放、凋敝的一生
漫长得足以填满整个春

而她的温存和粗鲁
坚毅和脆弱
却是这棵植株
赖以生存的底气

春天
一个磨人的季节

# 六瓣花（组诗）

## （一）

六瓣花落下来的时候
黑色的咖啡
恰好把肉桂融进心里

满屋飘着
厚重而缓慢的香
温热，就像很久以前

## （二）

很久以前
窗外绿得浓烈
不知名的小雀欢欣枝头
唱着那时的青春
和那时的生命
风吹过
打落些许花
些许叶

屋里的咖啡也是黑色的
无须加伴侣
用未干的衣袖举杯

饮出一丝清冽

（三）

雪白
将天地覆盖成了基本色
就在不经意地行走时

氤氲房间的雾气
依然熟悉
烛台将跳跃的火苗
控制在最好的年纪里

些许变化
肉眼并不可见
比如
咖啡的黑里住进了肉桂

就像窗外
冰清的六瓣花
正落英缤纷

# 落花落叶（组诗）

## （一）

不知道那一刻
有没有流星划过

沉甸甸的夜里
漆黑的眼珠
是否照亮了来时的路

## （二）

在太阳高悬的坡上
乘着风，不用刻意摇晃
桂花就纷纷扬扬
落了满地

相机的底色依然是绿的
覆上一层薄薄的黄
提示着季节也老了
有了预势

## （三）

轻轻地坠落

不想惊动任何人

把曾经的辉煌
留在可以挥霍的时间里
执剑走过去
人间，已是殊途

（四）

叶子触地的瞬间
安静有如惊雷

周围太多的声音
愚昧而肤浅
只有无声的大地懂得
随时张开怀抱

（五）

再见了
美丽而高大的树
在归根结底的一刻
就像飘落的桂花
余香，深远而轻盈

又吹过一阵风
落英
缤纷

# 扎根（组诗）

（一）

紧紧包裹周身的
是灰灰又厚厚的泥

不知离地面有多远
只丝丝缕缕的微光
在很远处
闪烁

（二）

大地的震颤
岩浆的侵扰
不知名的怪异的虫

每一次从身旁经过
寒凉，便如电击般
彻骨

（三）

循着光，向上
是这株植物的梦想

然而，念头动一动
根，却再深一深

抓牢更多的泥
汲着力量

（四）

不知还需多久
才能遇见整片的光

不知遇见整片的光
还将遇见什么

只独自缄默
向上，也向下生长

（五）

很多年以后
一片树叶，乘着风
从高处落下

看小山丘般隆起的路面
崩裂处
粗大的根
交错盘旋

# 蝉的自白（组诗）

## （一）

一束光
遥远而微弱
却似一柄剑
刺疼了我的眼睛
并迅速蔓延至心脏、骨骼
脉络里的枝枝节节

一个念头
在此刻冒出我的身体
我应当
冲破这片黑暗
这是使命，与生俱来

## （二）

五年还是七年
我将脑海里的所有，包括浪花
翻了个遍
对于这个世界的一切感知
尽在这片黑暗、潮湿里
在这片土壤里

童年、少年、青年
全部时光赋予的意义
恰在这束光抵达眼睛时
点燃

体内蛰伏许久的力量
大得惊人，推着我
往前，再往前
如同这束光
亮了，更亮了
我要冲破已然习惯的一切
……

（三）

就在冲破黑暗的一刹那
身体失去了一切依靠
有些惶恐
但我更愿说成
——没有了裹挟

广阔！是的
一切都是广阔、陌生的
空气、声音、天地
我把多年赖以生存的
踏在了足下
它会支撑我的未来

（四）

沿着粗粗的树干往上爬
黑夜，并不黑
星星、月亮、萤火虫
在它们的注视下
我蜕下了老旧的外衣
有些疼
和青春做最后一次告别吧

往上，再往上
我爬得更快，甚至轻盈
太阳将我蛰伏的梦想
涂在了娇嫩的翅膀上

挥一挥，再挥一挥
就站上了树梢
绿色环绕的世界
很高，很高
是我幼时，梦里的样子

（五）

各种感受缠绕在一起
随血液流淌到我的触须和足节
每寸骨骼的力量
在抵达翅膀时
化为声嘶力竭

呼喊吧！

让不屈、勇敢、坚韧
再次冲破我的身体
冲上云霄——
来歌颂生命的馈赠
歌颂夏天

# 气球的心愿（组诗）

（一）

一只气球
努力着
一刻不停

终于将自己
吹到最大

（二）

坐在重型卡车的顶端
在风里飘扬

它见过广袤的草原
贫瘠的沙漠
颠簸的丘陵，和
铺满碎石的小路

它绕着海岸奔跑
抓过太阳的胡子
也挽起过月亮的胳膊

这一路
它吹着口哨
将自己吹到最大

（三）

也是个风和日丽的日子
平坦的地平线
忽然被划出裂缝

裂缝，很宽很宽
望不到对面

急速地往下
使气球愣神

（四）

它依然在重型卡车的顶端
努力飘扬
向上
飘扬

肥硕的体形
昭告着
可以拉着卡车飞跃
飞跃，这道壑

然而，体内有股更大的力量
正寻找出口
它感受到自己的皮肤
即将
炸开

## 上海漫步（组诗）

我们用脚步
填满了一个星期天的下午

从湛蓝到灰白
从碧空到雨点
太阳和云朵上演着调色术
将时刻注视我们的苍穹
变为秋日画布
也将我们的足迹
一并收入笔下

## （一）苏州河

起初，它瘦得就像结伴许久的
木板铺起的路
努力向前延伸着
似乎想与天空握手

然而，宁折不弯
不是它的秉性
在不停奔走的最后
将自己交纳给了更宽阔的胸膛
从此冠以他名

数百年来

平静而缓慢
看着这座城的风雨更迭
看着变换面孔的陌生人
看着不断翻新又不断老去的石砖泥瓦

就如它的每一滴河水
勇往直前
淹没于洪流

我们驻足于一顶桥的中央
向前是遥远而清晰的高耸入云霄
转身是童年和童年以前

（二）老码头

一潭明镜般毫无波澜的水洼
将底部的五彩石
和盘托出

倒影也安静
同镜面之上的一切
辨不清差异

发生在这里的老故事
就在每一块石砖的缝隙里定格
不仔细翻看
便不会喟叹

被屈辱条约最先打开的口岸
咽喉，声声鼎沸

此刻同我们一样
三缄其口，陷入沉思

堤坝很长
目光里没有尽头
天地变得小，只剩下
来往的游轮
来往的人
间隔不久便起锚的摆渡船

（三）轮渡

准备起锚的时候
雨下得更大了
江水跟着心神不宁
船，为此而左右摇摆
随波浮沉

幸而，我们只是
在渡这条并不宽阔的江
江水里没有大型生物
江面上没有雷电
我们只需倚着玻窗
稳定住镜头

过江的日常方式
桥梁、隧道、地下铁
它们更快更稳
更适合于追赶尚未到来的时间

而我们
正选择和船一起
摇摆到烟雨蒙蒙的江心
追赶这座城市的
很久很久以前

（四）云水桥楼

智能手表
准确地告诉我们
脚步经过的时间、地点
体能消耗

整个下午
云、水、桥、楼
讲述着
古朴与苦难
现代与繁华

在阴晴、快慢中
在我们的目光里
反复切换
更迭不休

# 第二辑　医文相依

## 中医诊断（组诗）

望

由阴转晴
发生在数周之后

厚腻的蒙尘，终究
禁不住风雨的一再催促和洗礼
从深处开出一朵淡淡的花
将灰暗的背景
调成暖色

一张脸
为此平添姿色
包括腰杆和脊梁
身形和步履

长辈的教诲是认真的——
一切
依脸色行事

闻

关于这个谜案
你说出的每句话
我都默然于心

在举字成行的病历本上
蕴含细节的线索不断叠加
就如上涨的河水般
疑惑，却如杂质
上下翻滚而无法剥离

无数日常琐碎
被揉捏成许多植物的名字
忐忑地盘旋着

在等待真相溢出的过程里
我不能一再缄默

问

空气凝固在
被疑惑缠绕的笔端

关于
三餐起居、喜恶忧思
关于
阴晴冷暖、起伏跌宕
它们缠绕在一起
需要抽丝剥茧

从叩问书本
到叩问你
到叩问自己
真相，逐渐清晰

我们应该感谢穿梭不息的星河
感谢为医药绵延千年的人、虫、草
很长，很多
也很耐读

切

沿着起伏不歇的脉搏
抵达体内

珠落玉盘
弦拨银坛
……
关于脏腑、气血、筋骨的模样
如画卷般徐徐展开
向我描绘着
山峦巍峨
川流奔腾
还有暗礁、沟壑、沼泽和风暴

诸多留白
在某段铺陈开来
就像你和我说着话时
欲言又止，只传递目光

读懂的最高境界
是心照不宣

之后

微笑着和你聊起
这幅画作提笔时的
心情、天气和时长

## 病　案

道路的拥堵
持续了整个冬季

原本宽阔的行线
因负荷年久而沟坎丛生
往来车流依旧
承载运输是与生俱来的烙印

逼仄
从这头指向那头
渐行渐缓，如覆上了凝胶
碰撞、追尾
在层出不迭的矛盾里
沿关节、经络
直至中枢

风暴，还在持续

## 开　方

田边和山头的草木
已被拾进背篓
它们温和
体贴入微

千足的昆虫
举着大镰的昆虫
背着厚甲横行的昆虫
它们莽撞邪魅
力透每一寸小道

它们被一同炮制
用来贯通、抚平和驱寒

天地间
写满了谜题和谜底

我们停停走走
拾级而上
试着寻到钥匙
寻到
解惑的方

# 经脉（组诗）

## （一）

用细针
刺入皮肤上的某个点
恰如意料
没有开出鲜红的花
疼痛，也没有跟随而来

只一丝酸
轻轻在这儿萌芽
而后，慢慢涨开

## （二）

这一点
被唤作"穴"，就像驿站
在连接脏或腑的通道上
连接阴和阳、是与非的桥梁上

某些瘀滞或残损
在路的更深处
潜伏着

"手三阴、手三阳
足三阴、足三阳"

（三）

长久以来
多少人读你，被
微笑、蹙眉、举手投足
描摹着

然而，我想试着读你
——

"阳明、少阳、太阳
太阴、阙阴、少阴"

它们，细细地告诉我
你在尘世里吞下的委屈
染上的毒
笑容之下的叹息和伤口

（四）

如果觉得细针冰冷
锐利而咄咄逼人

那么，还可用指腹
单味或复方草木
淬炼的精油

看见、揉开、止疼

# 一场救援（组诗）

## （一）

粗粝的石头
横亘在道路的中央
原本车水马龙的主干道
为此拥堵、停滞

时间依然按部就班地行走
周围或宽或窄的路
也如听闻诏令般
停滞

## （二）

尘土变得硬
车马的油渍或污秽
变得深

直到将天色染成褐黄

栅栏破损
地面崩裂
越发多的异象
紧随而来

（三）

取走这块石头
是急如扑火的事情

它粗鄙又丑陋不堪

因为瘀滞
地表或海运无法企及

幸而有空中航线
切开一条或更多崭新的路
先让车马行走

慢且慢吧
流动起来便可不腐

（四）

一只大斗
精确地放下
包裹住石头
而后拔出
恰如探囊取物

周边的道路、河流、屋舍、驿站
所有被牵连的
修葺、挖掘
缝缝补补
一并进行着

（五）

太阳从初升到顶端
再到西头
乌云尚未散去

新建的道路
开始恢复往日的运力

然而
取走的石头是否在当地留下烙印
是否会再粗粝地长出来
……

一群人
又在不远处
拟定起下一场救援

# 破晓（组诗）

## （一）

一道寒光
刺破夜的黑暗
斧头的前刃
沾上了斑驳血迹

宁静许久的街镇
像开了口的水袋
汩汩流出或稀或稠的液体

刀刃相交的声音
清脆而缠绵
偶有高亢的音节出现
像一曲沥血谱写的交响

所有熟睡的人都醒了
围观或参与
较量着两柄斧刃的气力

## （二）

阻止战斗的人马
带着重型武器到来

黑暗被撕碎了
取而代之的惨白
在黎明破晓之时
又被缓缓上升的红光吞噬

天地
殷红

（三）

残镇上的草木
同胜利或落败的将领一样
苟延残喘着

一骑布衣
从白云深处而来
吹响了和平的笛音
在众目的欢迎和叩拜中
害羞地笑着
他松了松衣袖
胸前，一道亮光跳出来

阳光，正呼应着
一柄更尖利的
剑刃

## 实验鼠的自述（组诗）

（一）

我的名字叫小黑
打从记事起
就住在宽宽高高的屋子里
脚下的木地板
一片一片，层层叠叠
踩着、趴着、躺着
怎么样都很舒适

我有吃不完的食物
香喷喷、油亮亮
也有喝不完的水
清甜清甜

每天都有来打扫屋子的
来送食物和水的
他们长得很高大
直立行走
我喊他们"大个子"

他们用比我的身体还大的前爪
提起我尾巴
为我称体重

和我整日待在一起的
是我的同胞兄弟
我们一共 10 个
长得几乎一模一样
隔壁还有好几间屋子
但搞不清具体数量

吃喝、睡觉、磨牙、给自己洗脸
等大个子来看我们
就是我们生活的全部

（二）

大个子在我尾巴上写字
"9"成了我的新名字

我的胃口越来越大
四肢越来越有力量
黑色的毛发愈加浓密
且泛着油亮亮的光

看着和我一样漂亮的兄弟们
我怦怦的心跳
传到耳膜里
都是快乐的声音

"大个子"有时会拍拍我的脑袋
我会以"吱吱"的叫声回应
但我看不清他们的模样
除了比兄弟们还明亮、扑闪着星光的眼睛

（三）

时常在梦里
看到从未谋面的父母
看到外面色彩斑斓的世界
看到长得比我们更美丽纤巧的同龄小友

醒来会觉得恍惚
丝丝失落
沿着半梦半醒的瞬间蔓延开来
这些，呼唤着我体内的细胞
使它们悸动不已

我开始思考
存在的意义
我开始意识到
这个宽宽的屋子
以及衣食无忧
囚禁住了我的肉体和灵魂

自从学会思考
我开始变得不快乐
但我啥也改变不了
除了吃喝、睡觉、磨牙、给自己洗脸

（四）

忽然发现
我们越长越胖了

从之前的强壮变成了肥胖

有一天
来了好些"大个子"
他们把我们的家
搬到了另外一个大房子里

我从来不知道
我拥有如此敏锐的嗅觉
我闻到了一丝气息
它使我恐惧并看到不见底的深渊
这在梦中见过

我想逃
可我无能为力
"大个子"提起我的尾巴时
圆滚滚的肚皮
让我喘不上气

随后他抓起了我的脊背
并把一根细细长长的金属杆
戳入我圆滚滚的肚皮

有点疼
但很快就轻松了
我又想睡觉了

趴在软软的层层叠叠的木片上时
觉得身体轻盈起来
我看了"大个子"最后一眼

依然看不清他的模样
他拍拍我脑袋
眼睛扑闪扑闪

（五）

再睁开眼睛
我又见到了很多同伴
好些是我不认识的
我们已经没了家
也没了肉体的束缚
我们正在去往天堂的路上

他们和我讲述着各自的故事
他们说我是最幸福的
大多数的他们
从记事以来
经历了不间断的手术、抽血
缝缝合合
每日不可口的食物、喝药、打针……

死的光荣
说起这个的时候，他们都很兴奋
远远地，我们看到一块碑
——纪念为人类医学事业献身的实验动物

我终于明白
我与生而来的使命
和同伴们一样，也不一样
我们是实验鼠

我此生的目的
是和 120 位兄弟
通过高脂高糖饮食 3 个月
成为非酒精性脂肪性肝炎模型
我被分到了模型组
我是 9 号

## 百草香囊

一场火
燃烧了两年
将虚构生活里的青绿
煎成五分，或
七分熟
上头飘散着或隐或现
白茫茫的烟

烫红的额叶和眼角提示着
这是二维时空的射线

我想用尚未起茧的手掌
磨开千年来
隐遁于林间土丘的草木
山石、虫蝼

——大寒之前
我要带上信物
去见你

我们都爱这清净
清净中
缓慢释开的香

# 药　草

从荒漠塞下而来
从丘陵戈壁而来
从峭崖险滩而来

数千年来
一株草，一截木，一只虫
多是平凡或丑陋
却掏出最赤诚的精髓
顶着天，踏着地
护佑着
生长于这方土地的生灵

染沉疴，中剧毒
生命因此而伤痕累累
不堪负重

幸有行走天地的灵物
采摘，炮制，研磨

一方孕育
一方疗解
用诚心穿针引线
将缺损细细缝补

## 沙 参

常年埋没于沙土
它的名字，如长相般低调
虽然家族向来供人仰视
却不足以拔高身价
是的，藏于沙
限于土
……

见到天日的一刻起
火与水的锻造接踵而至
这一截身躯
留下来，参与配伍

没有主角的光环
却由南及北
清热、生津

# 竹　茹

如同一团棉絮
在竹节间，探出来

它们越发茂盛
变得粗且长
互相纠缠着
打开一个世界

看山野间
清露和烈霞的变幻
就像小溪里竹的倒影
风划过时
雨落下时

这并不影响它们抱团生长
直至壮大到过于显眼
被一双手采撷
被背篓收纳

而后，炮制，淬炼
容身于水
用来疗愈咽火

## 雷公藤

一支藤蔓
从泥土攀缘而来
它丑陋，耿烈
酷似雷公

千年的磨合
历经煅造、火攻、炮制
成为岐黄药囊中的猛将

以根植于骨骼深处的恶
来解人们沉溺于世间
沾染的毒

顽攻之下
战场负痕累累
肝脏和其他
……

囊中再次探寻
可否安抚、收拾

## 香 榧

端坐桌前，剥香榧
同睁大在外壳的一双眼睛
对视
熟悉的模样
是自己

被岁月轻轻一捏
坚硬的外壳
豁开了缝
再一用力
时间碎得七零八落
露出了孩提时
嫩黄的心

它布满沟壑
热风、冷雨、日月交替着经过

坐在一段深褐色的时光里
剥着香榧
剥着自己

## 心脏和其他

脱缰野马的铁蹄
在旷野没有节律地奔走
山谷、河川
跟着一起震颤
整片土地为此坐卧不宁

白昼和黑夜
并不因交替而止住它的放肆
狂沙、沼泽、风暴
墨汁般点染开来
并快速扩散

破败
就在年轻的身体里
生了根

然而
我不想让白鸽带信给你
怕它一去不返
更怕你来得太快

# 素　问

我们谈论着最浅显的道理
就如小时候
大人讲给我们听的

关于一年四季、日出日落
关于动物植物、男孩女孩
关于饮食起居、劳作休息

然而
最浅显的道理
被我们一再雕琢
跟着年轮
刻画到两鬓有了落灰

依然
读不懂
学不透

素问：中医学经典《黄帝内经》分上下册，分别名为"素问""灵枢"。

## 听课笔记
### ——脂肪肝

肥甘的饮食
越发懒惰的手脚
使肝脏不断变胖

囤积、淤滞的身体内部
肥硕的腹腰
渐趋发黄的皮肤和眼睛
疲惫不堪
有如负了重物

天空随着目光所及的一切
像被覆盖了污浊
而混沌不堪

我嗅到
诸多不良的味道
如何找寻力挽的办法?

"清热利湿""化痰解郁"
……
他们说着

体内的土壤翻动施肥
让笨拙的手脚勤奋于每一天

用岐黄之物护卫乾坤
对抗因改变带来的情绪
……不停向前

数月努力后
天地清朗开阔

第二辑　医文相依

## 探　索

曲折中前行
它把肝脏的好歹
罗列成数字
供医者研究

药物、酒精
一切导致损伤的因素
在图形中无处逃遁

然而，非可见的
仍无边际
各类利器都有益吗？

就如盲人摸象
在未知和虚缈中探索
不断犯错，不断纠正
不断退步，不断进步

## 射频消融术

一粒变异的种子
从细胞里伸出来
如一只强悍的手
扼住肝脏的呼吸和手脚

它逐渐无力
无法正常工作
营养、毒素
诸多好的和坏的
囤积并融入于残败的土壤

种子越发苗壮
肆无忌惮
直到遇见一根针

比状如柳叶的利刀
愈加精准
高速射出直取核心
将种子融化

注：射频消融术，是将电极导管放置在病变区域，释放射频电流导致病变坏死，从而达到治疗目的的一种方法。

## 病理读片

将一片薄成透明的物质
封存在两片更透明的玻璃之间

几道渲染之后
红的、蓝的
固定成点
固定成块

它是如此鲜艳而耀眼
在两束光的直射下
放大 200 或 400 倍
摄下来
供他们解读

诸多美好和瑕疵
因此被发现
保持或纠正
是接下来亟待吸取的意见

在这个不寻常的世界里
解读细胞
解读器官
解读人类
或许，还能解读宇宙

注：病理图片分析，是将经病理学技术处理后的样本，在显微镜下观察并分析。

# 流式细胞术

数以百万或千万计的细胞
悬浮于淡红的液体之中

就像混沌世界，包容着
应该或不应该存在的一切

一束坚定而低调的光
用每秒 3 万个的速度
抓取着流经途中
被标记上特殊身份的某些成员

照射下
浑浊的淡红液体
被分类，被识别
包涵其中的好或歹
无处遁形
……

这是一管关于生命奥秘的液体
疑惑就这样被解开了

然而，如果真能用成分定义生物
人类是否已入歧途

注：流式细胞术，一种分子生物学实验技术，在功能水平上对单细胞或其他生物粒子进行定量分析和分选的检测手段。

## 高压灭菌锅

把千万个大气压
咽下去
藏在肚里
为此，它大腹便便

接到命令的时候
所有的拼接与合拢
不漏一点儿风声
把里头外头隔绝成两个世界
无可沟通

看越来越浓烈的热
催促着越来越高涨的压力
将指针推向红区
……

撤退的时候
同样小心翼翼
前后、方向、速度、力量
踏出的每一枚步伐
都决定成败

然而
顶住重压的守门人、监管者
虽是钢铁锻铸，依然

会被看到疲惫和脆弱

休憩时，擦拭抚平
细心看护
温缓治愈

它是特种设备
确保每次负重前行时
严丝合缝

注：实验室做体外细胞实验前，为了避免细胞被污染，实验需用到的金属及玻璃器械、耗材等，均需使用高压灭菌锅做密闭环境中的灭菌消毒处理。因其在使用过程中压力值较高，属于特种设备，不当操作有安全隐患，所以实验人员需经过专业培训并持证使用。

## 离心机的罪过

举全身之力推它
纹丝不动
我们抱怨起它的笨重
又抱怨起，多年来
它不配合工作的罪过

每分钟 3000 转的快速旋转中
于它，如同散步
从未奔跑
更不提尽情放飞

20000 转，似乎遥不可及
可它知道自己的实力
从诞生之日起
然而，从未抵达

它老了
只是依旧在 3000 转
简单重复

它不再爱发脾气
不再为无用武之地的能力而惋惜
只静默旁观
等待报废

看着它的故事
忽然明白
所有的罪过
原是我们的"使用不当"

注：离心机，实验室工作中，样品前处理的常用设备。

第二辑　医文相依

## 无色溶剂

不明液体
从天而降
随粗粗的河道
刹那间流经了整片丛林

它无色无味
土壤、树木却因此
瞬间凝固
继而被苍白覆盖

蛙鸣声
川流声
风吹梢头声
停顿于日落之前
利落整齐
犹如训练有素的兵团听闻集结令

在秋行渐深时
与天地的联结
戛然而止

# 体　面

这是一场充满仪式感
漫长的告别

欠下的需逐一还清
最好能首尾呼应
承诺的需逐一兑现
最好能润泽无声

而后，安静离开

远远地
道个谢，鞠个躬
是体面
也是成全

## 白色情人节

白芍、白术、白芷
磨成粉的诸多白
被收入囊中

屋里一袭白色的我
将心愿，委托春风和雀鸟

天地孕育
土壤中茁壮的有情之品
采撷，又被掌心
慢慢研碎

旁屋，白色的他们
争分夺秒

冠以白色之名的节日
就这样被勾勒了

# 大　树
## ——写在"爱肝日"

小叶、大叶
窗外的这棵树
在渐吹渐暖的风里
将叶儿伸展到宽厚

它吸收阳光、雨露
它代谢粉尘、油污

这片园中
吐故纳新的工作
被它默默包揽
努力并高效
将清澈和明亮还给世界

然而，蚀斑和锈迹
无法避免

如能被园丁和路人一直疼惜
那么，强大的自愈力
会被一再证明

它就像肝脏
今天是示爱的日子

## 中秋故事

有关中秋和圆月的故事
已被古人写尽
指间轻握的笔仍有一些不甘
却在纸端
浅尝辄止

中断的诗行、一半的圆
静止片刻的画面
苍白细长
恰如这刺激的气体
戳疼了鼻中泪管

那就停下笔来
欣赏它的与众不同
和充满未知

就像欣赏一轮
皓洁的弦月

# 破门而出

弯曲的门
粗鲁地横亘着
阻挡住望向四周的视线
且不止一道

灰暗、恐惧、迷茫
关于描述悲观的词
不断汇聚而来
前进的步伐，为此
禁锢、停滞

祈祷和等待救赎
是第一时间想到的方案
然而，地狱的召唤
却越发清晰

又一只巨手
扑面而来
瞬间关闭的眼睛
看到了那颗
蒙尘却完整的心

它曾被奉为美玉
洁白无瑕

看再次亮起的它
一点一滴剥离幻象
继而，带着躯壳
破门而出

# 桂枝汤

突突上窜的火苗
舔舐着灰白的前额和颅顶
整片土地因此而红
深红

干裂、豁口
在河岸及滩涂晕染开来
伴随着燃烧的烫
滚烫

听说古书里
遥远深山，可以找到
桂枝、麻黄、甘草……
它们被很多双手
采摘、炮制、煎熬
化为甘霖落下

此刻，正流经山川河道

肆虐的火焰
熄了七分

剩下三分
一分用来感恩
一分用来敬畏
一分用来疼惜

## 竹叶青

从青囊中
精心挑选一些精灵
添入明净的玉露
他们说，可供用来
疗愈

多年来
在红尘中沾染的
劳顿、伤痛、气恼
阴郁成症结
让天地灰暗
让河流瘀滞

幸而
某些怀揣仁心仁术
自古老华夏走到如今的
大医妙手
心生怜惜
将千年的智慧
洒落在这方土地上
如繁星点点

他们将坚定和包容
涂成金黄和青碧

赠予这方土地
以及这方土地孕育的人和万物

这便是竹叶青
是药，亦是酒
青青的
清清的
轻轻的

第二辑　医文相依

## 草木成灰

点燃后
就像炊烟般升起

浓郁淡去后的草药粉末
脱下荷包
脱下内衬
在火焰助推下
释放最后的力量
扶正、祛邪

挥手间
和着风化为虚空
只留下一抔
余热即散的灰

# 习练"五禽戏"（组诗）

## （一）虎

举起上臂
就像举起一座山
每一寸筋骨
在屈伸间，力拔盖世

到达顶峰时，俯身下扑
无形的气流
在半蜷的指掌中
化为一个圆

## （二）鹿

轻盈地一记转身
又一次跃起
将尘土
抛在了数公里之外

头顶坚韧的角
似刀又似弓
前后收放着
抵达清风触及处

（三）熊

握成空心圆的手
缓缓行走于腹地
顺着时针
画成小团圆的模样

身躯跟着摇晃
四肢却稳重
确保每一步迈出
都脚踏实地

（四）猿

提放顾盼间
一颗丰硕的桃
压弯了树梢头
娇香欲滴

牵着目光，并步向前
小心采摘下来
一定要献给
最可爱的人

（五）鸟

伸了伸
蛰伏许久的翅膀和腿
乘着和煦的阳光
去打开一片天地

人们说，山高路远
然而羽翼之下
还有蔚蓝的天、清新的风
和无际的草原

第二辑　医文相依

## 练"八段锦"

风儿微醺
将土地吹成了绿毯
承托起步足
平缓而扎实地移动

如吸盘
又如脱兔

足和手
头颅和躯干
在各自不同的曲直运行中
融合成一体
画出一个又一个圆
连绵不绝

似开似合的五官
一呼一吸间
感知体内
感知日月、湖海、山石
它们周旋、奔流、稳固
……

百花香
万物生

# 登山跑

山很高
将它放平之后
亦望不到尽头

俯面，身躯也放平
掌心紧贴着地
撑直手臂

看自己变成一把直立的三角尺

双足交替着
行走、跑动
再加速
……

很久了
很远了
原地，没有尽头

## 开合跳

打开、合拢
用骨关节做枢纽
身躯笔直或俯卧
双腿在持续开合间
拉快心跳

腹地越发坚实有力
山丘、沟壑
纵横交错
清晰可见

任外邪侵入
山河亦无恙

## 对点支撑卷腹

用掌心和足底撑起一个世界
仰面朝天
如能稳固如磐
那便举起一手一足
让它们靠近、碰撞
再分开

交错触地、腾起
连绵不断
腹地的土壤将坚韧有力
河流将疏通灵动

## 跳　水

轻步经过时
三米高的跳板
弯下了腰

望向水面时
跳板跟着试探的足尖
颤了又颤

跃起、腾空、旋转
刹那间
尚未溅起水花
却已入水

多像她们波澜不惊的表情
以及，汹涌澎湃的体内世界

## 吊环或平衡木

横平竖直
用双臂支撑起整个身躯

忽然明白
相比一把尺或一根线
人类躯壳由于太过复杂
无法摆出最简单的姿势

司空见惯的数学语言
是数年血汗
将无法承受的形状
硬扛成了标准公式

世界就是个多棱镜
从这边看，轻若鸿毛
从那头看，又重如泰山

尺度不一
期待不一

# 乒 乓

离开板后
小球如陀螺般
急速奔向对岸

划过的弧线，来不及
用物理经典理论定义测算

关于接纳
手足和五官之力
心有余，却远远落下

分数就在转动得失间
越拉越远

高抛、疾走、迂回
此起彼伏

看这枚小球
又一次震动地球

# 挑　战

凹凸见型
有如老牛耕耘过的腹地
和双臂一起
撑起整个身躯
俯卧、向上

70 次后
马达突突
却并未到达极限

奔腾的血液渐趋沸燃
诸多同快乐有关的分子、递质
越发多释放
流向周身

中枢，将
勇敢、坚定、正念
又往上推了推

## 柳叶舞蹈

一片柳叶
落下来
气球上覆着薄纸
它将刻画一个
完整而生动的故事

划痕经过处
轻缓而锐利的锋
就像在刀尖跳连绵的舞

诸多修补缝合
纠正打磨
并非炫耀技术

只是走到水穷处
试着，用柳叶
划开一条生命之路

# 伤　口

撕裂的疼
正从皮肉深入骨血

我想要堵住这伤口
至少不再侵入命脉

金匮中
——取出
药囊、针灸、贴膏

或许还需要一把手术刀
将坏疽切除
再用崭新的线
缝合

## 生命之轮

随着两个圆又一次被画满
体内与体外的液体交换
又一次圆满了

暗黑的毒素
被洗褪干净

鲜活的营养
被过滤成精壮的小分子

看赤诚的血液
在血管里畅游无阻

他
又活了一次

## 腹地隆起

一个球在腹地慢慢隆起
多年之后，变成了一座圆拢的峰
将地表顶成很高
很高
地表变得薄而透明
地下水、岩石的缝隙
或绿色或青色的植被
流动的样子、弯弯绕绕的样子
不用工具，便被看得清晰

地表就要开裂了
很快

这个球
不应诞生于这片天地

然而，巨球之内
储存的液体、气体或是其他
它因饱胀而无所适从，无处安放

与生命愈渐疏离的腹地
或许只有切开
泄气或泄洪
才可拯救生态

# 点 滴

透明而细长的管道
连接着两端
看液体，从高高悬起的输液袋里
伴着时间
一滴一滴往下落着
进入针头，进入手背，进入身体

无色、黄色、棕色
变换着的液体，始终清澈
就像护士们的眼睛

你说，你就像条被钩咬住的鱼儿

而我，更想把你比成一株苗
把液体比成生命之泉
就在一滴一滴的灌溉下
数着时间
数着指标
趋于茁壮

# 擦　伤

风和机械的速度
把皮肤重重擦在粗糙的柏油路面上
一些疼
从几处绽放开来
并很快拉住了我的目光

那夹杂着灰尘
齐刷刷排列整齐的横道
就像地上的斑马线
一丝丝的红
正微微沁出来
缓缓变深
却在高出皮肤分毫处止步

硬生生被摩擦拉扯
却又离开不彻底的
竖成了短刺
密密麻麻站着

阵阵的热
也在此刻涌起
据说是身体正抱怨我的莽撞
用气和血的冲撞、怒吼
告诉我——

青春和热血，作为贬义使用时的样子

至于这贯穿始终、微辣的疼
我想用"温柔"来形容
红的、黄的、青的
幸好，只在表面

## 恐惧者自述

掉入了一个没有光亮的深渊
不停颤抖的全身
因胡乱奔窜的血液而麻木

万斤重疴碾压进心脏
无法闭上的双眼，看着
豆大般络绎不绝滚落的汗珠

这副躯壳是如此陌生
灵魂，正被恐惧织成的大网
牢牢套捏
……

然而
我应感谢依然敏锐的听觉
有个熟悉而微弱的声音
从遥远处传来

## 蓝　天

一束束光
将漆黑的夜空
照蓝

比蓝天的蓝
更蓝，更亮

一声声此起彼伏
声嘶力竭
将静谧的城市
调成如白日般喧嚣

那是
排着队
挽救生命的呼唤

# 冥　想

坐下来
微阖眼睛
摒弃外界繁扰和纷争
跟随心跳、血液
进入身体内部

感受她的气水风火
从末梢到中枢
从器官到细胞

盘腿或者不盘腿
并不重要
向内溶于基因
向外融于宇宙

我
无处不在

## 意 识

恢复得如此迅速
就如疾病到来时的那一瞬倾泻

在梦境里
重伤又好转
疼痛以及惊诧
醒来时，一切无恙
仅存模糊
在脑海里扑腾

山花烂漫，绿意盎然
百鸟争鸣，蜂蝶忙碌
世间，写满了
恬然如故

哦，原来是场梦
它不断下沉
潜入意识之外

# 燃

一帧静止的画面
将无数汗水浸湿的日子
融合、定格

烈日、月光
茂密的树叶
闪闪烁烁的屏
注视着这群人
瞬间碰撞的才思
夜以继日的磨合

从无中生出有
有如破土的绿苗
努力将自己指向蓝天

在这个滚烫的夏季
用进度条
持续炖煮的点点滴滴
渐趋沸腾

呼应着
与生俱来"燃"的秉性

## 冷和热

坐在炉火旁
看火焰微微跳动
穿过目光
点起了体内脏腑间的热情

它们也似燃烧的篝火
照亮每一处角落

此时，不应有冷泉或冻雨
不应被速冻或扑灭

权衡的任务就交给毛孔吧
看它将循环体内的过度的热
一点点逼出来

# 对 饮

黄叶萧瑟
你从远方归来

我们促膝而坐
用瓦瓯
盛下一路风雪抖搂的寒凉
文火煎煮

汁液，从筛网中滤出
酒般对饮
扶正、健脾、解郁

渐暖了屋里玻窗

## 又毕业了

一张张相片
定格下了一张张笑成太阳的面庞
和往年一样
青春盎然、朝气蓬勃
是最适合来形容你们和这个季节的词汇

跳高、扔帽子
高一些再高一些
还有不听话的帽穗
连起了已走过的三年五年
和长长的未来

说你们"放肆"并不为过
瞧，笑着笑着
就哭了
也和这个季节一样

# 两　端
## ——致援外医疗队员

就像展开一幅湛蓝的画卷
祖国在这一端
你们在那一端
用网络丈量着两端的距离
足以忽略
日出日落和图上一万公里的数字

很近
是的，就像展开一幅画卷

高鼻梁、大胡子、深眼窝
小葱、猪肉、青菜
金针、火罐、推拿术
许多的不一样
在一次次的耕作、奔波和交谈里
缩小，填盖
逐渐拉直成等号

就如两端
悬于苍穹的天蓝，和
扬于嘴角的笑容

## 追光之路

千百年来
中华大地孕育的草木虫石
医者技艺
就如一颗一颗闪烁的珠玉
它们被情怀和仁爱串联着
连成一条长长的路

追着光
守护传承、汲取精髓、发展开拓
传递到我们手中时
是沉甸甸的
却依然青春焕发

中医非物质文化遗产
保护、普及、美育、振兴
我们用点滴力量
行动着，追逐着，汇聚着

在推广中感知
在感知中激活
在激活中传承
在传承中发展创新

（一）

青青校园
承托着希望和未来
也是追光的步履需要抵达的远方

看一张张年轻的脸庞
从疑惑、懵懂
到扬起自信和骄傲
古老的文化遗产
种子已在校园扎下了根

我们说——
在推广中感知
"活"起来

（二）

国学的风潮
比过去更猛烈了些
传统和现代
严肃和活泼
在时间线的往返穿梭里
碰撞出火花

书签、扑克、香囊、棒棒糖
将旧时的印章
烙刻于当下日常
古老的文化遗产，在双向奔赴中
深入了时尚

我们说——
在感知中激活
"潮"起来

（三）

站在纵向的时间线上
我们想着如何把这束光
横向传递
让它更亮、更暖、更广阔

走出医院，走出上海
走向山川大地，走向五湖四海

赋能乡村技法培训
发现一批，帮带一批
提升一批，培养一批
扬帆出海医疗援外
开拓友谊，传播文化
互助共赢，收获点赞

我们说——
在激活中传承
"获"起来

（四）

这座城市的独特秉性
赋予了传统中医"海派"的亮点

在车水马龙里、霓虹闪烁里
用养生健身
让时间慢下来

进企业，进场馆，进社区
直播间、车间、田野间
让我们的声音抵达基层抵达末梢

冬病夏治、节气养生
强筋健骨、科普义诊

古老的文化遗产
时刻提醒着、关照着
奔忙于现代都市圈的每个人
身心安然处

我们说——
在传承中发展创新
"火"起来

（结）

古老的传统文化
在历史长卷中
不断延续着、翻新着

传递到我们手上时
我们便扛起了新的使命
它沉甸甸
却青春焕发

追着光，往前走
我们是新时代中医青年！

传承非遗，文化强国
中医担当，曙光有我

我们是新时代中医青年
追着光
往前走！

# 第三辑　围炉慢聊

## 名叫富贵

老牛很老了
还在田间忙作
横横竖竖交错的黄土地
就像它皱巴巴的脊背
犁不完的地
就像还没走完的生命

老头也很老了
就着太阳和风
讲着自己的故事
有关贫苦、磨难、生生死死
用最寻常的词汇
同情绪无关

老牛就是老头
老头就是老牛
它们，名叫富贵

天未黑
故事未完
只留下背影
继续着
长长而未完的一生

# 千里江山

曲折绵延的江河山川
伏卧于这片土地

千年前
身着织锦
深躬于皇家画院的他
用浓墨重彩的青春，渲染画卷
描绘着荡气回肠
正如他的生命、他的王朝
立于顶端，烟花般璀璨

百年前
身着暗装
隐匿于暗夜下的他们
用渐热的鲜血，一滴滴
将黎明点起
正如他们的生命、他们的国
跌宕起伏，却百折不屈

而今
一位书写者
将这些故事用文字串成梯子
攀往山峰之巅

山顶的碑文
足迹和目光所及
是千百年不断描摹
古老又崭新的
千里江山

## 读木心书

很久了
时间很慢
在出口成章、落笔于册的书页里

荒蛮、愚昧、背弃、冷漠
贯穿于生物和星球的生死之间

它们是散在的珠子
被一双手
聚结、串起、盘弄
珠帘或珠席
搁在风必然经过的地方

不用逃避
避无可避
更不应厌恶
被点燃而升腾的情绪
是披着五彩外衣
善于扑火的蝶

在渐慢的时光里
深入，看珠子
在另一轮飞速旋转的隧道中
努力拼搏
光彩夺目

## 丰　碑

望着前人竖起的一座座丰碑
他把仰头而见的天蓝，以及
刀锋下圆或锐的笔迹
刻进了心里

就如脚下的黄土和碎石
嵌入了足心，有些疼
却忽略了滋生的暗红和脓肿

贫瘠的大山深处
细弱的水柱挂在陡崖上
就如他的身子
每天托举起太阳或月亮

"山外的天地应该很大
和我的心一样大"

多年以后
他也成了丰碑
却在一次地表震颤中
瞬间崩裂
和黄土、碎石融在一起
不被他人辨识

## 人间走笔

乌云压境的时候
笔端的墨水也惴惴不安

一场大雨正躲在不远处
窥探着人间
或许还有雷电在侧

就如
一直浸泡在人间的珠笔
满腹的话语
即将在纸页铺陈

有益或无益
静候一场
倾泻而下

## 回　家

风也温和
同海浪一起慢慢摇晃
摇晃成故乡的民谣
摇晃成金黄色

我也沉默
同船舷一起融于深蓝
看纤瘦的海
一口一口吞下太阳
吞下他们的青春
吞下，我的影子

远岸，闪闪烁烁
像甲虫也像星子
轻轻喊亮我的目光
喊我回家

## 断章或永恒

举起秋风
就像举起剪刀
在树梢轻轻一挥
三两行字，便掉落了

再来回摩擦
整树深色的叶子
断了句，碎了篇章

越多的空白
停留在纸上
就像很早很早的春天

然而，梢间纸缝
烙下了深浅弯折的痕迹
告诉着
被风拉拢来的目光
四季和一生

坐进被银杏叶铺满的时光里
读着金黄
读着我们

# 清 白

千锤百炼
不是停留于书面的溢美和夸张

从黑暗中醒来
摸索着寻找光亮

磕磕绊绊中
从脚尖到手指
受过的伤，非伤
经过的路，非路

带一枚火种
存于胸口
温炖着
从旧时记忆里萃取的清晰和洁白
往前

不歇
不止

# 看　书

火山爆发在一个阴沉的午后
变异病毒、人间纷争
贯穿着一本永远写不完的书
从手机屏
输入我的眼睛

窗外的突突声
翻新的河道和马路
翻开
又一年

来
和书里的自己
说会儿话

## 自己书
### ——写在世界读书日

关上五官
关上心门
将自己安放于书案之外

体内跳动的火苗
照亮着血液流经的每一处
每一处开合
每一处起伏
在肌肉、关节、骨骼的合力下
集结成一本书

说不清了
世间书的山海有多广博
也数不清
走过和未抵达的日子里
有意无意地遇见多少

然而，唯有这本
空无一行的书
字字节节
写满了自己

边写边读的模样
时常不经意
又太认真

# 火　把

远端的，临近的
烽火台
陆续点燃

夜的黑洞
细密如筛

颤抖中
我们擎着火把
将裂隙
渐次填上

## 光

枝条交错缠绕
遮挡了城市上空的蓝
阴霾带来的雨水在煎熬
升腾成化不开的团

混沌的空气
不知把风吹往何处

忽然
迷雾里
探入一束光

# 画　笔

把山川、花海、日月
融于人间悲伤和喜乐
一些不明事
一些无奈事
不是阻挡笑容的理由

就让我们再一次流着泪笑吧
把还休的诉说
留给画笔

让它轻轻告诉大伙儿
风雨里
我们找寻屋檐和宽叶
干旱里
我们找寻甘露和清泉

这一路
我们一起走过

## 人工智能

它写了首诗歌
铺满意象
就像繁星照耀的星空
更把比喻、拟人等手法
抖搂在每一行

三千年来
源自《诗经》的"六义"
被写诗的人一再雕琢
奉为高山
仰望、攀缘

却被它在数十秒内呈现

然而，却有些重
诸多读后感——
譬如
"铮亮或锋利""锈迹或硬朗"
同金属、机械有关的形容词
也铺满了屏幕

终究，硅基
同血肉无关

就像，自然之美
是
花落无声
水过无痕

第三辑　围炉慢聊

## 时间旋涡

看自己掉进一个旋涡
周遭的催促声、埋怨声
声声不歇
为此，它越转越快

时间外的我
捧着一盏灯
在不明不暗的光线里
读一本
没有前后、没有善恶的书

# 大　网

大网，在最底下
上层扔下的废品、垃圾
懒得被收拾的杂乱
随手一松
便掉了下来
兜着，是义务


没有人关心
它的容量、新旧
是否结实


更外围
是否会被经常打理
检修


然而
它原本
不
"大"

## 十年或二十年

如梭的站台大厅
脚下如镜
Manner 咖啡豆的香
抓着我
和倒影立成了定格

脑海里正倒放着
年少时的画面
辨识度不高，或有缺损

卡壳、擦拭、修补间
我的名字
从身后轻轻而坚定地传来

十米远
拐弯处
曾熟识

一个十年
再前十年

笑着快步迎上的一瞬
体内盘旋太久太多的词
许是太沉

成了嘴边的留白

就像，落在额顶的那一撮
就像，变得瘦削的身形

记忆是个有趣的宝库
在时刻变化的世界里
总能打捞起这么一帧一帧
与当下重合

就像，我们的称呼
就像，你说你肯定认得我

第三辑　围炉慢聊

## 合　体

看他们把情绪
抖搂在镜头里
说着本不关己的话
却深深陷于此景此境

笔端的文字
为此，站成了一段生活

光影下
他们和虚构的人物
合为一体

# 锅

一口锅
在文火上架了很久
没有人在意它的温度
它从来默默无闻

直到一滴水
忽然溅入
并且前仆后继

啸叫声伴着白烟
翻滚沸腾
缭绕了整个屋子

第三辑　围炉慢聊

## 灯的心事

一些光环萦绕在光源之外
它光彩夺目
吸引了很多目光

赞美、欢呼
评头论足的词汇里都是褒义的
为此，它愈加调高亮度
放大光彩

直到有一天
忽然听到断裂的声音
整个世界暗了

却只一瞬
曾经不起眼的同伴
倏地亮起
很亮

它才意识到
那时的它
忘记了电流的存在
忘记了钨丝的存在
忘记了点亮它的那双手

# 体　面

富了三代
家底殷实

到他手里时
每日浪迹于闹市
流水般
挥霍着过去的粮饷

终于，内衣
也破了洞

可他依然穿上体面的假领
并，系上领带

第三辑　围炉慢聊

## 罢 工

它停顿在一个工作日的上午
就像喘着粗气
拉不动犁的老牛
忽然抽搐、晕厥

持续下雨的日子
潮湿，粘连着每一个角落
包括我的办公桌
和，办公桌上的它

或许更应怪罪于
我的轻率和懒惰
没有时常备份
没有时常拂去灰尘
让它由内而外、由外及内
泛潮

# 念　头

抓住那些
脑海里冒出水面的词汇
搜索它们在微信里的身影
以及那时候的表情
对话有多长
思念，就有多长

把一些在心头打转
却没说出或写下的念头
交给日月星辰
它们镌刻在天地万物之间

你说，
我不用说，你都知道

而今
对话有多短
思念，就有多深

我说，
埋得深了
便不想冒出来

## 迷失的钢笔

出走很久了
一支鎏金的钢笔

喝了几口墨水
便以满腹经纶的模样
躺在阳光下
指点山河

却在太阳下山的某一刻
迷失不见

## 子弹与反噬

把语言装上子弹
再装上速度
从口中持续射出


一时，重力也惧于此般气势
缄默静止
它们笔直逼向人群
正中靶心


没有硝烟
没有皮肉伤
血，流满了目光不能及的角落


然而
反噬，持续着

## 打　扫

越发浓厚的白茫茫
阻止了视线向外扩张的欲望
四周的炙热
一浪高过一浪

向前向后
抑或，原地不动
都不是好办法

闭上眼睛，漆黑
又从煞白的周遭里奔袭而来
一把裹住怦然跳动的心
恐惧，在合围的缝隙中
渐次弥漫

然而，那一株微弱的心火
在摇摆中
幻成帚的模样
清扫着成团的漆黑
以及浮尘

一遍一遍过后
心窗，又透明了

# 登　高

登上高楼
原想看得更远
却被所见羁绊

摇晃的围栏
将倚靠化为背刺
颤抖的梯子
吞噬着身躯和头颅

渗水的阁楼
将晴天贴满乌云
无力托举的地面
承载着计划外翻倍的重量
……

秋，越走越深
埋藏着的寒
越发疯狂

登高以后
沾沾自喜的笑容
开成了紫菊花

用来祭奠
一个漆黑夜里的
义无反顾

## 儿童节

她轻轻走进花丛
就如一只蝴蝶
小心试探着花瓣的温度
以及，茂密绿叶里
是否躲藏着甲虫

阳光下，几缕银白
顺着风
跳动

有些好奇
还有<u>些</u>
欲言又止

我用手机定格下这一幕
标注
——儿童节快乐

## 开盲盒

紧闭的漂亮纸盒
排成整齐的队列
一模一样的外表下
藏着心之喜好或厌倦

晃动，纵横盘旋
凭借传递来的声音和手感
来代替视觉
在细微的差异中
判断，选择

打开它的瞬间
亮了整个世界

第三辑　围炉慢聊

## 戳戳绣

戳下，再戳下
连绵不断

粗粗的绣线
串联起
鹅黄、墨绿、乳白
和克莱因蓝
一幅画由此而诞生

戴珍珠耳环的少女
被萌化为——
喝奶茶的胖猫

这是我第一次绣"戳戳乐"
光鲜亮丽
挂在淡色的背景表面

然而，请别赞叹

掀看背面
它的坑洼和杂乱

——跛足道人的"宝鉴"

## 踢　球

在绿油油的一片里
一只白色的皮球
突兀而扎眼
轻易地抓住了他的目光

他小心地拾起
看了看又放下
用足背反复掂量后
踢向了不远处的同伴

"我拾到一只球"
——喊声震天
天空中的云也跟着震颤
震出了太阳

旁人集聚来的目光和连续夸赞
与"拾金不昧"的褒义词
类同

只有接到球的同伴没有作声
他默默捧起，去往四周寻找失主
并在一片云下
越走越远
远出了人们的视线

## 海 浪

海浪，怒吼着卷起千万滴水珠
一浪高过一浪
由远及近

随着海啸预警时刻的临近
大鱼和虾米也被席卷在内
裹挟着，一起翻滚
一起瑟瑟发抖

整片天空
被灰暗的幕布笼罩

不知是月球的引力
还是地心的感召
海浪，兴奋地展示着
力量、速度和唯我独尊

却又焦虑而尖锐
向海岸逼近
是的，咄咄逼人
……

远处
观看这一切的人儿
正按下手中的遥控器

# 破　晓

二轮单车
压过露珠
转瞬，只一片湿漉漉的痕迹
停留硕草间

晨曦如一片幕布般升起
比一束光更宽

由此带来的光热或其他
即将捅破
看似灰暗的
天空、道路、草地

## 敲　响

平静的河面
被小雨点拨开
柳枝
变得褶皱而颤抖

一起颤抖的，还有
依然站在高处
喋喋不休的山雀

合着雨声
敲响这个清晨

# 归　来

昨日经过的风
还记得怎么称呼吗

越发尽染的丛林
还有多少草木
挺拔向阳

去年今岁，或者
五年、十年前的秋天
是在思念、忧伤
还是抱着吉他或金麦纵歌

又一座城
将流落的记忆塞进背囊
那么重那么厚了
脚步，没有停止出走

走向熟知里的陌生
走向
探寻不尽的未知

或许，就快遇见了
落英缤纷
两行落雪

归来的
少年

## 阴　暗

此刻，这个词
与道德品性无关
与月黑风高无关

江南，在层林尽染的季节里
更多的深黄和绯红
取代了向上生长的绿

太阳直射下没有阴暗
咳嗽声，却乘着风
喋喋不休

是欲将胸中悲秋之情
排解出来？

和我一样斑驳的树影下
我们彼此祝福
并一声声震疼冬天
裸露的硬骨头

## 空气炸锅

200 度灼烤下
蛋白质，变成了最美味
最被身体喜欢的样子

电将风的热情点燃
就如火，点燃木柴

滋滋作响中
时针见证着
彼此
完成蜕变和使命

## 目　光

前方竖着的目标
已清晰可见

走近才发现
曾以为的"遥不可及"
就像心头的大山

收回来的目光
牵引着脚下的每一步
深深的痕迹
串起了蜿蜒的路

## 寻　常

天地，倒过来的时候
一些字又被捕捉
列成了诗行

关于——
盘踞许久
惹人厌烦的高温
却不禁一阵风的吹嘘
忽然离开时的决绝

关于——
宝马跑车
优雅地驶上新建的桥梁
却将雨天蓄积的水塘
瀑布般喷向单薄的自行车
和，车上的人

关于——
忍气吞声
事事包容的胸腔
在又一次委屈继而沉默时
选择背过身、往前走

很多的习以为常

在改变的瞬间才明白
世间无常

就如此刻的我的足尖
正高过头顶
不止一米

## 列车与轨道

一列火车慢悠悠地驶过
接着又是一列
轰隆隆的机械声
伴随着日出日落、月朗星稀
穿过又一天

洞穴的两端
出口和入口
为此热土飞扬
满满的汗，渗出来
涂抹了沿途每一寸草木
每一寸钢筋

一旁洁净的河流落满了灰
而此刻
地底下有一股力
正生长

## 跳　伞

周旋于多个角度投射来的镜中
因断裂、破碎、多面
辨不清真相

看他们在高处
用友好的言语
维持体面和尊重

却在降落时
一再推辞
丝毫不放松绳索

# 行　走

云层很厚
结实地挡住了烈日的身影
我们无须再往树荫下走

彼时
一树一树繁华
一路一路树荫
现已和合于整片天地
不紧不慢地
开出一朵很大的花儿

就这么往前
小河、白鹭、路旁的木椅
还有淌着汗或淋着雨
无意飞翔
只日日行走于天地间的人

## 游　戏

闯过一个关卡
花开得更盛了

剑戟刀枪
鲜红的伤口
将功勋渲染打造成发光的星
一枚一枚，积攒
和夜空一样闪亮

不再有黑暗了
都藏匿到了更深处

他们越发强健
所过之处
足印、轮毂
溅血的草芥
都是完美结局的铺垫

那又何惧
尖利的兵刃
坎坷的战路
细碎的疤痕

不足道矣

## 鸡尾酒

数不清
多少日子了
滴酒未沾

直到细雨淅淅
你说你想抖搂心事

五色的饮料，住着酒精
就像喧嚣的人间，住着风雨
一口一口吞下
一词一句，也跟着落下

接住、调化、融合
看杯中
看眉梢
有道五彩的虹

## 月饮汾酒

掀开老酒
将一坛旧的记忆打捞

千百年来
这方土地上的高粱、大麦
被一汪清泉浇灌着
从幼小长成累硕
从羸弱长成丰腴

迎着太阳和风霜雨雪
将深埋于晋中的赤诚和挚爱
收割、发酵、蒸馏
将烙刻于骨髓里的精华
淬炼成酿

将你
替我斟满的这一杯
举起来

古老的技艺
在今晚的月光下
心思般澄明

举起来

置入咽喉

那一刻
吞下的豪情
开朗了整个世界

第三辑　围炉慢聊

## 手　串

几缕透明的纹路
从雪白中
渗出来
轻轻地告诉我一些
亿万年前的故事
那时，猛犸象是陆上霸主
那时，也有阳光和月亮
也有青草和灰土
……

持续地，时针
将这些雪白
打磨成圆圆的珠子
又把一颗殷红
雕琢成孺子牛的模样

来，围坐，沏茶
我们和时光对话

## 煮　茶

鼎沸的众声里
一盏茶
正煮着自己的心思
它立在一角
从平静到波澜
川流的音节从身边经过
或恢宏或低落或跌宕延绵
数不清数目

翻腾起来的时候
淡香也伸展开来
氤氲到鼎沸的众声里
并因此聚焦了目光

一杯又一杯
用来润开干涸的一切

一盏茶
依然安静地立着
煮着自己的心思
心思，如倾出的茶水一般澄明

## 金骏眉

一注沸水
从紫铜壶嘴倾泻而出

干涸紧皱的金骏眉
翻滚旋转
渐次舒展成旧日模样

那时候，岩崖的缝很细
探出身子的它
唯有尽情打开自己
蓝天、泥土
阳光、风雨
……

而今，又倾心于
沸水润开后
氤氲小屋的香
紫铜杯中的水

瞧，世间所相
皆美好

# 香薰烛

跳蹿的火苗，把光
一缕一缕挤进夜的暗黑里
就在这个夏至的夜里

关上明亮的灯盏
关上左右摇摆的风扇
将制造光和风的工作
交给窗外路过的星光和微风
交给
案头的这杯香薰烛

暗香，伴着跳蹿的火苗
一圈一圈画着半径
逐渐变大，逐渐浓郁
直到浸入
从笔端落下的文字里

排列着长长短短的诗行
恰如置身在花海或果园
五色、五味、五音
……

少顷后抬头
火苗，烛油下的倒影
正一起跳蹿
拉住两头的，是
被它烫成深红的烛芯

## 青　烟

一缕直上的青烟
在风过时
晃了一下

自诞生起
被贴上"笔直"标签
并为此得意的腰杆
也折了一下

这经过的风
看似如此轻易随性
并接二连三

线香盒里
点燃的身躯在燃烧
持续燃烧
燃烧成笔直而上的青烟

风过时
曲曲折折

# 线　香

白烟袅袅
久违的除草声
盖过了鸟儿的喋喋不休

用直射的阳光
点燃一炷香的今生
荣光，在烈焰下迸发

落下的时间
渐次堆积于尘泥
散化的身形
唤醒焚香人的精气

本是尘泥揉搓而来
细而长
一身，便是一生

## 泥塑达摩

含着细长的线香
吞云吐雾
将自己朦胧在缭绕的人间
无声无息

雕琢、煅烧、彩染
不知经过多少回
它从一抔土
修成达摩身

感受着风速和温度
视线依旧模糊
然而，心中所见
却在越发靠近的热中
清晰起来

云烟袅袅
梵音回响

# 阿拉丁神灯

披上火红的外衣
在危机四伏里沉默着

细长的嘴
似开似合
许多话咽下了
将肚子撑得滚圆

泄不出的气力
一层一层
往上顶

将盖子顶成宝塔的模样
用来镇守秘密

## 墨青（组诗）

### （一）

紧锁喉头的热
让凛冽的风或雨
无隙可乘

这以后
我喜欢上了墨青

### （二）

午后阳光
跳跃而温柔
看我小心地削着
撑开手掌才握住一半的苹果

褪下周身红后
划成，入口大小
一块给你，一块给自己

吃了很久
恰好弥补
和珠子一起丢失的热量

（三）

半遮面，背过身
晶莹的珠子连续滚落

厚实毛衣束裹下
颤抖，仍传遍身体
从心脏沿着大小血管

太阳躲进云层
你，也暗了

（四）

忠言通常逆耳
苦口会否扎心
我们
用实践反复论证着

甜的还是咸的
热的还是冷的
我知道，你也知道

（五）

太阳要下山的时候
探出头来打招呼
照亮了
正替我绕脖的崭新围巾

第三辑　围炉慢聊

回家路上
仅剩耳朵，能感受凛冽的风

这以后
我喜欢上了
墨青满枝头

# 城堡（组诗）

## （一）

城堡，金碧辉煌
井然有序
自从打开城门
破衣烂衫鱼贯而入

他们见到了从未见过的色彩
他们不分昼夜
透支生命般掠夺、侵占
据为己有
他们高举从不敢想象的奖杯
登上高位

城堡中生活多年的人
因习惯于有序、有礼、有节
而被践踏
甚至成为奴役

## （二）

当烂衫换成锦衣
他们依然不分昼夜牢牢捧着
并想方挖掘更多

更多

就怕是一场梦
梦醒
回到从前

# 蚂蚁的故事（组诗）

## （一）

由于我的一不小心
早餐的馅饼
掉落了大块
未及收拾的时候
看到了两只蚂蚁

它们靠近馅饼
不断试探，触角
摆出了得意扬扬的姿势

蚂蚁越发多起来
举着刀枪和镰锄
切割，切割
大过自己的头颅甚至身躯

它们切割食物
也切割同伴
（或许不是同一团队）
干净的地面
很快因此而狼藉

（二）

母亲递给我扫帚、簸箕
让我把不小心的过失
收拾干净

于是，来回两次
一切都进了垃圾桶

干净的地面上
我又喷了一层酒精

（番外）

"看，我切下一大块"
"我也是，比你的略小"
"我也有"
……
风雪交加的寒冬
抵御一天是一天

"快搬回家，要快
更多邻村的来了"
"再多喊些我们的人
干掉他们的人"
"选我为王吧"
"好"
"附议"

这一方似乎获得更多

看着战利品
新上任的蚂蚁王
总结——
战术战略、精诚团结
为此，沾沾自喜

却不知
一把巨型的扫帚
正迎面而来

第三辑　围炉慢聊

# 进行时（组诗）

## （一）

宣布结束的这一刻
想象中的和平
并没有到来

只是画满了一个圈

冬至过后，太阳
依然浓烈得
像一坛陈年老酒

光芒所及处
好的坏的一起发酵
散发着醇厚而悠远的香

## （二）

这支画完圈的笔
墨汁依然流淌
很快进入到下一个图形

尚未成形之际
一条弯曲的笔画
曲曲折折

或许又将是一个圈
或许不是
未知，总让人
既爱又恨

（三）

既然下笔之后无法收回
那么，便在行进中
将老去的笔锋
回炉、提纯

看，太阳直射或衍射下
山川河海、草木芳华
正顺势用力
一次次
绽放

## 一场战争（组诗）

（一）


"这是我的
谁触碰了它，谁占据了它
就用一切让谁毁灭！"


如同强电击中神经中枢般
被所见一幕狠狠刺痛
瞬间深入骨髓


哪怕只是几本书
一摞纸
一个矮柜


"我要战斗！"
一个声音在心中
响彻天际


（二）


雨很大
风跟着咆哮


枯黄的树叶

凌乱地打落在她的脸上

脸上
挂满并不断往下淌的水
冰寒、肮脏、凄苦
——这是她所知的
最贬义的词汇

（三）


一切所得
哪怕微不足道的寻常物
都需要争夺

是的


从习惯于欺辱她的表亲手中
争夺而来
并跪谢赏赐


瞧，这渐长的个头
都归于他们的天恩

（四）


尝尽凄风苦雨的味道
并非天恩不再


心爱之物的守护
理应分秒不怠

这一时疏忽
漂亮的手帕
被表兄用来揩鼻涕
而后，扔入火盆


她的猝然怒火
被表亲一家赶出了寄居的屋檐


（五）


望着苍白的天空
辽阔得没有容身之所


"我要战斗！"
"一切所得都需争夺！"
"你们有的，我也要有！"
种子，深深埋入了
幼小的心田


她喋喋念叨
似对自己立誓
也对惨白的天地立誓


表情，在稚嫩的脸庞上
显示着不合时宜
却，异常坚定

（六）


三十年前的一幕
此刻的一幕
正无缝重合


虽然，阳光正明媚
可她的天空
已然风雨交杂


"扔出去！
这是我的地盘！"
没有人知道
她正翻江倒海


因为事后
没有人同她争吵


物品的主人
只俯身拾起
如同拾起不小心的掉落
继续前行


（七）


怒放并挺立一整天的尖刺
终于可以收起来
虽然并未派上用场


因此

她沾沾自喜
为赶走敌人
为赢得战争

有人克制或是不在意
没有亮出兵刃
有人的确或是假装
并不知晓

而她的天空
历经了一场翻云覆雨

# 不朽纪念
## ——致革命烈士黄竞武

每一回，走进川沙烈士陵园
望见高高的人民英雄纪念碑
肃穆耸立，直入云霄
便想起为上海解放而牺牲的烈士
在无数的烈士中间
有一个是您
——黄竞武


负笈远洋，寒窗苦读
百余年前的一艘大船
载着年轻的您回到祖国
沉甸甸的行囊里
装着丰硕的经济学知识
装着对故土川沙的思念
更装着赤红的报国之心


上海、安徽、湖南、重庆
您年轻的足迹辗转于每寸土地
面对黑暗、衰败、混乱
您在深恶痛绝中
试着找到旋钮，寻找光明
试着找到钥匙，寻求真理

就在黑暗笼罩
腐败到处吞噬时
您忽然看到一束光
胸中的那团红火
被再一次擦亮

天，快亮了
看，解放军正南下
势如破竹，愈战愈勇
准备渡江，志在必得
然而——
黑夜笼罩下的上海
铁蹄、刀枪、电棍
恐怖的手段，一个接着一个
层出不穷
是疾风骤雨
也是腥风血雨
坚贞而顽强的您
临危受命，无所畏惧！

恐吓，没能中断您
收集情报揭露阴谋的坚毅果敢
魔爪，没能阻止您
迎接解放的英勇无畏

山河在低垂中怒吼
浦江在震颤中翻涌
……

就在迎接新上海

第一缕阳光的八天前
人们看到了您
被埋于泥土的破碎的身躯
您听到了解放的隆隆枪炮声
却终究没能等来黎明的破晓

高高的纪念碑
就和不屈的骨骼一样坚硬
肃穆耸立，直入云霄
每一回走近
都会想起您
想起为上海解放、为新中国诞生
而抛头颅洒热血的千千万万的英烈们！

## 辞　旧

这一页纸有多重
不重的
就像秋天满山的落叶

还是翻过去了
日行万里，抑或
席地聊坐

高山或盆地

立在一隅
同对饮的月亮
轻轻，再碰个杯

## 写在最后

翻到最后
是一本书、一个时期的告别礼
就像窗外
已然堆积满地的黄叶
用最虔诚的态度
写满了对过往的眷恋
或许更是放下

河水尚未停止流淌
将经年泥沙
淘洗一遍又一遍

无数的开端在岁月之下
崭新而未知
它们推着时针
循环往复